火光

楊書軒 著

【推薦語】

亞熱帶慵懶的氛圍

黃智溶（詩人）

書軒的作品，散發出一股獨特的魅力，洋溢著青春與熱力，類似於地中海、加勒比海、南太平洋小島。正確地講，他的詩作企圖觸及到南臺灣亞熱帶慵懶的氛圍，這個領域的現代詩，很少有人去探索，而書軒開朗明亮的天性，正適合去發掘這塊文學處女地。

當太陽傾灑酒光
沐浴在深秋的皮膚光滑閃亮
沉醉於你飽滿的輪廓下

——〈無花果〉

我們也離開圈束我們的小果園，好嗎

——〈無花果〉

我們的果實熟透了，我們的果肉
通過擠壓搾出汁液發酵釀造成酒
果香都飄出瓶口了

——〈藍莓夜〉

我懷念夏日，夏日最美的燃點
光，是一張運動後汗水閃爍的臉龐

——〈蜂巢〉

他的詩句處處充滿著愉悅與享樂，再調和一點雞尾酒式的苦味，適合躺在碧海藍天的度假沙灘上，吹著微風，細細品嘗。

【推薦語】

給火光的贈詞

吳懷晨（詩人、北藝大教授）

原始林的樹梢，寂靜之初，烏雲飄入體內的山脈，這時，詩人從夢山返回，他將採集的光線傾注詩篇：黑暗浮現。

夢山是由多綺麗的樹木組成；也是由一粒粒的種子構成，顯微鏡下看，各是無數小山。夢山有女神嬉戲，教人發獃，她們將詩人舉起為一支牧笛，吹奏他——

響起的是蜜蜂嗡嗡的禱詞，經驗與回憶飛起，松香氣味，詞與詞鑄造中燃火，流蜜蠟色的光，都注入這一顆書寫的蜂巢、一本暗黑的書，原是渴望光線，渴望光與火的誓約。

這裡，是楊書軒「生生」的伊甸，是他《火光》的詩國。詩人替字詞抽出嫩芽，讓詩核豐盈而膨脹，夏日燃點中幾乎炸裂。這是一本堅實的穿越虛無，穿越花崗岩的詩集，是在靈魂深處持續挖掘而後等待春雷乍響的詩篇。

書軒說，詩像鏡子，即使你破碎了，也請進來，映照完整的自身。

【推薦序】

指出萬物的「火光」

嚴忠政（詩人）

如果我這一生讀到的第一本詩集是《火光》，我會更早知道甚麼是「質感」——那種有觸覺的文字，帶你撫摸晨光雨水、無花果最核心的愛、藍莓或耳墜，乃至摸索中的瓶身……

感官的交綜複合、意象的演繹推揉轉進，楊書軒的詩藝就是一種態度。對文字抱持恭敬的態度，形成眼下的文字質感。例如，〈生生〉的其中一個子題，楊書軒是這樣處理「死」的：「活不過今夜了／我們拆下死的每一根筆劃／讓散發著松香的氣味，燃出天光」。一個有意義的生命，死當如松香的氣味，又能燃燒照亮萬物。

當這些，也隨聲響流動。那聲響，以饒富意義的心跳，以和煦如君子的音質，不慌不忙地貼合生活中的心志迭宕！沒有多餘的打磨，也不會有粗糙的礫石。字和字的組合音、節奏的行止，就在長短參差之間，有了聆聽麥浪般的體驗，這又讓詩中的音樂性也有了質感。例如〈亞麻〉一詩，生活細節都成了詩的「纖維」。質地舒爽的語言情境，它和我們的生活呼吸是那麼的貼身，又保有寬敞與輕鬆。即便讀到最「合身」的段落，那些投影到面前的情境，一句「早安」或「夾雜夢魘與灰燼」，都可以讓我們活得從容——可以告訴自己，生活的質感應該是「透風」的，不管有汗，抑或不能被識破的淚水。

以上的「質感」，基調是抒情的。即便到了輯三之後的敘事方式轉為長句的急切或獨白，乍看是更有個性了，但還是純良的。就像稚氣未脫的孩子，將一整串髒話排列在一起，也只是為了堆「積木」。而成熟的詩人，像楊書軒這樣收放自如的詩人，當你和「輯四」那位「老哥」站在一起，積木建構的是自己城堡。詩人會帶你抵達他所展示的語言——是的，語言是有展示性的。它可以讓人帶著現實世界的臟器與肢體，去感受另外一個維度的空間。甚至創建自己的王國，或創建自己的神祕組織！而且以自己創建的語言，來和許許多多「在鏡前破碎」的靈魂對話。因為：「詩像鏡子，即使你破碎了／在它面前，你是完整的」，並且也和其他同樣頻率的人對話。有點像是世界末日了，「我」必須選擇一種的新的通訊方式，逃避滅絕。

再則，整本詩集中所隱含的辯證，也是在深入文本之後，另有挖掘的境地。楊書軒分別解構原本對立的單元，重新審視，發現它們在解體（去中心）之後也存在著與對立面相似的元素！或者說，它們本來就是互相糾纏的，生與死、愛與恨都沒有絕對的邊陲，而「書寫」可以透過結構設計，組構出多層次「相襯」的意涵，並探究身處其中，思想主體如何在衝突、碰撞之後，在面對此前既有的困境時，又如何以新的認知，辯證出新的感知狀態。特別是對於「明亮／黑暗」這類相對立的狀態，各別重新審視、重新定義，並且讓它（發現自己）也具有對立面的的元素。例如，讀到〈愛的故事〉的最後一節：

我們喜歡關燈後的遊戲
那時身體看不清身體

手尋找手
觸覺尋找
指紋的回音

踏入深淵的腳
被另一隻腳勾住
能抵達深處
我們才懂得漂浮

你是有曲線的燈
我在黑暗中摸索
讓萬物充滿明亮的時刻

那些「看不清」的，可以在「指紋的回音」裡辨識，變得「看得清」；有些是要在感情的深淵「陷溺」（被另一隻腳勾住）之後，才得到「漂浮」。更因為「黑暗」才學會「摸索」，一切啊，真的就給了我：指出萬物的「火光」。

在詩的辯析論證裡，詩人都是有「理由」的。理由來自於「生活中的種種思考」，只是他們省略了中間冗長的邏輯性敘述，直接付諸直觀。不同的作家再以不同的視角、語言、腔調去言說。又，既是「生活」就有其生活中的現實，書軒的詩也就少不了現實中的離散、壓抑、變形。不難發現，「辯證」必然有其初始的衝突矛盾！只是辯證的過程與結果，並不是那種「非黑即白」的狀態，而是讓書軒的衝突矛盾走向節制的美德，隱含在語言結構之中。或者說，在辯論的賽制裡，詩歌不是為了贏，是為了某種問題意識、為了重新審視「存在」。

我們也是存在於詩集中草本植物、果蔬或蛛蝶。奧登（W. H. Auden）認為：「詩最大的功能，在於沒有功能。」是的，它不能拿來換成薪資單，不能用來設定力矩磅數（一個意象不能當成一個扳手，不能用來扭轉可計算的施力），它只讓你在某一刻感知到生命的指點性，好像你最深切、最難以言喻的感受或某種疑惑被先知說出來了！這就夠了。

詩集的最後一首是〈塊莖〉，它與「輯一」的〈塊莖〉遙相呼應，卻有不同程度的指涉與不同的對話者——同為多年生植物膨大的部分，同為營養素貯藏器官，同樣汲水用以越過冬旱試煉，就像我們有同樣的太陽升起，但在「輯一」的〈塊莖〉，黎明是在「你」的土壤裡孕育而出的「塊莖」，是可以將疲倦、被擊倒的身形蜷縮為「種子」的依存狀態。書軒說：「我喜歡黎明升向你的高峰」，詩人相信，這樣才會有你的愉悅、我的快樂。「我們」同體一式，是互為光華的抒情。到了最後一首的〈塊莖〉，對話者從個人弦音的「你」、「我」，轉為虛構的「我」。當「我」重新檢視這個世界，現實能否給我想望之境？尤其當不曾止息的「我」往更深處探去，「那裡陰暗、焦灼、狹窄／還要多久才能觸及，我不知道」，知道的是，其他人的根也是這樣緊緊繫住的。在「莖塊」那裡，「我們是這樣熱切的活過來了／縱使已不再完好」。

人一生都在練習。練習離散，更練習見面。我讀《火光》，一再練習的是，當這本詩集的語感語境穿透我，我也要是那個有光的人。

【推薦序】

面對火光時誕生的六種思考

蔡琳森（詩人）

一、火光效用

如若我們願意首肯這樣的前提：詩人重新表現物質世界及其效果的再現，藉文字媒介使自我的意識勞動賦形，並擔負起替這些再現的造物謀定規則的責任。則這本詩集顯有用心於此。

首先，它徵調了火光來促發這些作品呼吸。此舉反映了詩人對火光意象所內蘊的諸多古典喻義的崇敬，癡迷。一方面，這些詩在火光生衍的照映下致力證成自我。堆柴造火的人恐怕沒有一個確然預期的終點，他更意欲從火幕光戲裡謄錄一座走馬燈影，或是被不知名主宰曳扯出來的幾種路徑圖。另一方面，它或更突顯一個詩人在彰顯自我意念與物質世界的對應關係時，可以欣悅託付給詩的一份對於異變的欲求。此中運動軌跡，或也正如巴舍拉所言，火光「對凝視它的人來說是一種迅變的範例，千變萬化的範例……火讓人產生變化的欲望，產生加快時間的欲望，使整個生命告終、了結的欲望。於是，遐想就是真正迷人的和戲劇性的……這種十分特殊但又十分一般的遐想確定著一種真正的情結——生的本能和死的本能在這情結中結合起來。」

二、天堂相貌

詩人與火光的對視與對峙。巴舍拉且道：「人們可在自身行動中或在憩息中，在火焰中或在灰燼中找到天堂。」

在此，如若我們再斗膽拆分這本詩集為前後兩部分，並置而觀，則可窺見兩種火光吐納的緣法。例言之，前者鮮明者如〈生生〉輕盈磊落地轉入了觸心即景的表現形式，它摘引葉慈〈在學童當中〉的句子，「……啊旋向音樂的肢體，啊閃光一瞥／我們怎樣能自舞辨識舞者？」以此闡譯詩人與詩在妊娠過程中的運動圖像。「繼續走／我也有過山巒的手臂／把樹林的你緊緊摟抱住」（〈火光〉），要是極難得的機遇，自我才能有物、天地與眾生聯袂同行，如窺得了天堂的相貌。這種渴求，遙應著〈在學童當中〉未被作者引述的段落，乃是一本學童的心跡，「舉世聞名的金肢畢塔哥拉斯／手執一琴弓和絲弦之類，推演／一顆星如何歌詠而漠然的繆思在聽」，這樣的潛詞，代詩人或開花或舞蹈時的精神姿勢定調。

三、生成塊莖

比之輯一、輯二的心景描摹，輯三、輯四的詩作帶著更迫切要驗證異變效力的熊火熾光，導引詩人向更宏大動力的覺察，它是掌持著相對冷硬堅毅的鋤尖，觸擊匍匐敘事地面下的塊莖，這些貯藏遠近沉悶響動的纖維器官時時以芽眼瞻望語言鈍器的造訪。

〈土芭樂的春天〉、〈給我詩意奔放的青春〉在涉事上展現出了高超的多重面向，不同經驗畫片的提取與擺布密而不亂，尤清晰地嶄露詩人意念裡雜沓異念的彼此角力。它們背後或無嚴謹恪守單一個中心題旨的企圖，儼然帶著一份希冀於圈養環境下遊牧的生欲，為成全敘事游離的尺度而備置了更多通融的延展與彈性，卻同時也需要在敘事閉環裡找到一條邊界線，在這樣的條件下開道，使它們閱讀上帶著梅氏圈式的增維效果。

如若你也曾讀過詩人的前作，你便會體察在這種鬆脫的持有辦法下，詩人如何兌現出新添的一份敢於出走的勇武：維新與革命，始終必須是在路上。

詩人樂於縱任海妖賽壬與蜜涅瓦的夜鶯在詩裡共鳴疊應，服事於如此的意念拋擲，在記憶之間閃跳，回放，是擱置而非澈底推翻大一統的認知政體，是抬舉更多感性潛力的斷爛朝報成為叩問政令的材料。這種策略正符合馬庫色曾為藝術生產與消費者揭示過的一套始終不過時的描述性定義：「藝術本身在實踐中不能改變現實，也不能屈從於革命的實際需要，而又不否定自身。但藝術可以從任何時候占統治地位的革命運動中汲取靈感，汲取它特殊的形式，因為革命構成了藝術的實質。」它以另一種美學形式表現革命。作為一種媒介，它是對現實不合理的超越，它的主要作用是引導並誘發革命行動的產生。詩人且更自道「……我是多聲部的獨白／聲音穿過哪個『我』，就喚醒什麼」，這種受格意義上的喚醒能力，亦可以理解成取意於塊莖。塊莖也者，將自身藏覆個人經驗史的壤土裡，中性，帶植物的凝定與低溫，自我的生長與壯大另有所圖。它們壽命促短，它們既與的運動法則是熱力學式的交換，為了給敘事旅途的衍異供輸動能，無私應予維持新芽成長為新株的養分以後，旋即告退。

四、死欲向度

「寫氣圖貌，既隨物以宛轉；屬采附聲，亦與心而徘徊。」詩集裡埋放了塊莖兩種，也在詩集的首尾對映成趣。

第一種塊莖著落在輯一，往官能與感知兩條軸線的高點進發，足食欲望以後則可輕倚入夢。第二種塊莖出土於輯四最末，更似一幅挾著自畫像品格的自詰與省思，「『柴』若燒盡了／抽出『死』的第一橫　夠嗎？」（〈偷馬〉），詩人在死欲的撩撥下屢屢塗抹去生欲劃定的句點，解散每一枚閃現的定音，取消生活的言不由衷，這是詩人應死欲之邀，投身於「地下的狂歡節」，更往深處探向陰暗、焦灼、狹窄的煉獄歷程。死欲也者，一個生物意圖折返無生物狀態的基本傾向，願盼回歸物我不分的共生價裡。這種意圖與願盼是在生欲描繪的底圖上顯影的徵兆，即陶淵明在生而向死的覺悟下所發慨語：「將辭逆旅之館，永歸於本宅。」

五、消亡表情

幾首敘事詩如同青春輓歌。回望青春與青春悼亡同義，這樣的顧視動作在詩裡歷歷可數，清晰可辨。其一面乃是童真的成立與對其喪奪懷抱的憂慮，另一面則是回應青春的艱難。青春無法不傷痕？童真猶在，朱顏已改。這些擷用了個人記憶附著物，如便利貼般在敘事行文裡走入各自座標，四處沾黏的對話、意象與昔時風景，其實遙指著一幅成人不甘的心相構圖，裡頭藏掖著哀歌旋律的引信，爆破的能量足以吞噬每一枚掛上記憶枝頭的單純音符。這些成長過程不同階段的經驗與領略，如過度鄰近經驗主體的異域，帶來熟悉又冷漠的消息，溫熱氣流與冷冽現實的距離，形就一種敘事的內部張力。在這樣循環搭建的進程裡，詩人在敘事裡受使役於非自主的尋根主題，背後且始終有著另一份失落主題如影隨行。

作者踩在現在，敏於照料一條存而不論的現實地平線，並在其上四處探索讓敘事得以建立的支點，所有歷史碎片，隻言碎語，殘存畫像的修補，如流螢悄然抵達與逝去，最後猶留存的是記憶者隱抑愁容的自我輪廓，採集者向不知名主宰求告的手勢。「老哥說：『詩像鏡子，即使你破碎了／在它面前，你是完整的』」，鏡子屬性與用途，恰如里爾克悼亡語境的徵引：「我想要這樣留住你，就像你／將自己置入鏡中，深深地進入，／遠離一切。」透過老哥給出的論說，我們且得知了詩的另一個功能性定義：詩是一種為了償贖破碎而增補的象形。而裂隙處總是最教人耽愛且最美，它們是敘事裡漫遊的腳步偶然迷途走上了詞語彼此結合亦無法抵達之僻境，靈光熠動的瞬間，持有詞語者只能以沉默回應種種無聲的心理對質的幽昧時刻。這些沉默的言說，癱瘓文字能量的重言，空缺及其縫合，是它們使無法規避殘破的實況得以暫時提取一份完整的可能。這裡頭，或且藏有一份戀屍情結？面對亡逝對象，認領遺骸，讓微物作用於它，令死物可以移動，藉自我感官的指引，如見證死靈歸返，似物色又鑽進可供步入生活之維的門洞。

六、互馴對位

如若仔細檢驗詩人的形跡，採集註定消逝物事的孤獨勞動，這一份熬心的苦差。除了錄下詩人聆受的悼亡主旋律，現代詩還可以做什麼？或許其中自有一種高級形式的成果，它是里爾克在給波蘭譯者的信裡提及過的：「自然，我們的日用之物帶著暫時性和朽壞性的。但只要我們在此，它們就是我們的財產和我們的友誼，是我們艱難與歡樂的見證，一如它們曾經是我們祖先的密友。因此不僅不該薄待與小覷任何在此之物，恰恰是為了其暫時性的緣故（在這一點，它們同我們是一樣的），我們該將這些表象和事物進行最深刻的理解和變形。變形？對，因為我們的任務是將這個暫時的、朽壞的塵世深深地忍受著，並充滿激情地刻印在我們的心中，使其精髓在我們身上『無形的』復活……」

處理此項任務，輯三裡的〈偷馬〉尤為眉目疏朗。「……騎　也仍然在騎／持續耕種　收割　一個個扛上來的玉米／使消失的馬蹄／恢復了重量」，遭竊的馬只是在人類社群的所有格裡受到移置，沒有就此得到一條真正的逃逸路線，沒能夠脫出馴化的深層格式，不過是易地而處在相同勞動形式下持續投效農事馱物的過程裡消耗生命。這一寓言的底牌也是人馬之間的互馴關係，更強有力的竊者暗中同時將馴化的主語與受語一併偷負去，遭竊的是這一整個無限馴化命題裡的有限生命，人與馬同時被吊銷了其他可能，但正因為無出路，才使兩造得以各安其所。此中物我非異，皆無所屬，但得所用。

在詩與詩的生產者之間，是否也存在著這樣的互馴對位關係？顯然答案是肯定的。詩人願意吸收機會成本，將自己的一次性生命傾注在詩的生產，大抵是因為無法迴避衷心懷愛。

如若詩人將主體經驗的催化與變現當成詩的第一義，亦即將自見當成能與天地、眾生打照面的先決條件，則其倫理風險是放任天地與眾生等自我得以建立的客觀條件墮化為專供一己節度的工具，最後恐將致令它們淪為修飾自我意念的護身符。在此或該備有一道安全閥。安穩的許諾，來自詩人每一個讓身於所愛的決意，甘願自己可以只是超越個人體驗的更遼闊世界裡的其中一個部件，因此要緊的是成全詩而非自我達成。「海是卷軸攤開／越過初始越過盡頭／我們是飛行的精衛，啣字詞填入／夢裡的餘燼一度死滅了又被燃起／縱使一切成灰」（〈精衛〉）不以馴化詩且讓詩只服務自我切身感受為務，而是更切切於獻身，更清楚自己如何成為一個被馴化的對象。這是詩的初心。這本詩集即是以此為前提，演繹詩該怎樣從自我體驗出發，聚焦普遍性題旨，讓回憶素材以寫實主義的風範匯入意識或無意識的變造工序裡。且這些詩同時也如矛盾修辭，走在倒置了現實的路上，關懷著一個務實命題：詩能提供給詩的消費者怎樣的服務？如若在現實裡戴著腳銬跳舞太沉重，則詩可以騰出一個弱化重力的介面，我們有幸得在詩的造夢裡短棲，暫脫現實的若干法則，所以可以在它的夢裡輕盈起舞。「……夢是某些事物的復活／我提起你的名字，照亮昏暗的路」（〈夢山〉）在此，透過詩的代理能力，使用者繳納一份以時間與意念為貨幣的酬金給詩，得到的是燦燦投映著協調了客體世界與主體心理活動的一種有效的規律。

目次

輯一／生生

輯二／火光

輯三／偷馬

輯四／老哥

後記／

輯一

生生

春櫻

從睡眠的殼裡
蛻變出，夢的地下水
我們汲取了一整夜
從根莖湧現，直入晨曦

花色蘊含在你的眼裡
你像春櫻醒來，看著我
沉重的陰影變成了
櫻花飄落的樹蔭

你開得真美
水上的花筏、櫻吹雪
紛紛輝映你的膚色
我的手拂過軟雲
攤開春光

你看過盛放在山頭的吉野櫻嗎
放眼望去，粉紅色的波浪

亞麻

我喜歡你亞麻的優雅
潮流與晨光交匯的，早安

昨晚，我的汗水穿過
纖維的縫隙，釋放出
陰影，質地舒爽

你貼緊我的身體
卻保有寬敞，彼此輕鬆
你透風

有時看不見的沙塵
夾雜夢魘與灰燼輾轉
我焦渴的心，是鐵灰色的

你的花是天青色的
土壤飽含水氣，你是月亮揉合太陽
交織成的亞麻

因為深邃，赤裸的語言
逐漸敞開星空的奧祕
紛紛的流星雨，在你亞麻的柔膚下

塊莖

我們躺著
像兩顆發光的石頭
沙灘上空無一人

2

你說耳垂，比肩膀敏感
比起脖子，哪裡癢些
你的鎖骨，我喜歡以吻紮營
那裡盛滿湖水，月亮升起
如項鍊，愛是卸下重裝的一匹馬

在那汲水、翻滾、耍廢
有時上升的弦月，滑過你的腰際
我喜歡驟雨的敲擊，草叢的騷動
當你愉悅時，我很快樂
星空灑落，在你起伏的大地上
毫無光害的祕密
是一萬顆英仙座流星雨
我在這裡縱走了好久好遠
這靈魂夜，適合搖擺
適合吃些垃圾食物，說說主管的壞話
而當我疲倦，蜷縮如種子
聽一條寂靜的河流過，在你的土壤裡
我像塊莖一樣被你孕育，用它

餵飽我們的慾望，讓愛慾繁生
讓曙色藏入你安睡的眼眸

山丘，我倚靠著入夢
我喜歡黎明升向你的高峰

無花果

毛髮
輕輕抖動
感到黑螞蟻
搔癢樹的小蠻腰
天牛用其觸角　光波傳遞
一座樂活城市的ＧＰＳ

我們也離開環環相扣的網，好嗎
像往昔，你會光著臂部
乳房奔向你的小野人

當太陽傾灑酒光
沐浴在深秋的皮膚光滑閃亮
沉醉於你飽滿的輪廓下
多麼野啊

你不僅是果
你還超越了花
我能成為沃土嗎
供輸你的根　讓水源湧向
你舒張的心臟

無花的焦點
讓一波波的甜度
往內部凝結

我們也離開圈束我們的小果園，好嗎

讓滿載著香氣的風之船
駛入敞開的胸口
來這裡生長吧

遠方的無花果樹
渾圓茂盛，在我們體內
迎向命運與歡愉，和正在
飄落中的微雨

藍莓夜

只有藍莓夜不曾消逝
它酸甜的氣味掠過你的頸項
懸掛如耳墜

我的手是港灣
你是船，我希望捷運逕自前行
你的頭仍停泊在我胸口

回到手牽手的海岸
吻是魔法
人群消失無蹤

當一切都隨風而逝
只有藍莓夜不曾消失

目光展翅，開瓶鳥啣起木塞
藍莓夜的遺忘裡深藏著一座酒窖
我們摸索瓶身

我們的果實熟透了，我們的果肉
通過擠壓搾出汁液發酵釀造成酒
果香都飄出瓶口了

當一切都隨風而逝
只有藍莓夜不曾消失

蜂巢

蜂巢，回憶與經驗的蜂群，在沿途的採摘中
逐漸飛回書寫的蜂巢

我懷念夏日，夏日最美的燃點
光，是一張運動後汗水閃爍的臉龐

蜜蠟色的光線流入身體——
蜂巢般的身體，像那些日子
你把滿溢出的愉悅，流入了另一顆蜂巢

豐盈、膨脹，在日光中幾乎炸裂——
那麼苦、那麼甜

麥田

靜止的是
小麥與小麥的間隙
金色的思緒紛紛飄落——
有風環繞過腰間，步伐轉動
我們的歡愉是麥稈
直到死去的麥粒墜入地底

靜止的是
D大調的海風撥動心弦
我呼吸著，你漲潮的呼吸

光脫落，光凝結
一點點被喚醒的春天
再過一個月，我們就會很美

靜止的是
雨中的麥管，向下
伸入地心，誰是迷宮深處
回到麥田的孩子？誰從懸崖邊
帶回捕手？麥酒湧現
我們大口吸取

靜止的是
穿過清晨六點多的濃霧

昔日的暗影在夢中轉薄——
像麥浪湧來，你用紋白蝶
那樣輕，搧動那樣輕的聆聽
聽我說話

楓樹林

你想著熱情是一片楓葉
你畫出葉柄
再從支點
畫下樹幹，讓根莖
伸開根鬚去抓緊
一顆敏感的心
躥出血液
給一片火紅的楓樹林

抹草

口袋開啟，一條甬道的深處
抹草走入
坐成一位僧者
提醒我
死者就要來了

2

聽說死者
仍保有生前的作息
我想學學森山大道

隨意對焦
晃動中你的靈魂
可仍保有播種時的身影？

3

你種的萵苣
躐上舌尖，無言的苦澀
像最後的道別

4

搖鈴與銅鈸對話
浮香繞著經文，掠過佛的影像

隱約有一道眼神，越過死亡
證實了影子，證實了光

5

活著
就是陪死者走一段
讓死者陪我們走另一段
永無止境的踏出
約定的環

6

僧者輕撥
手中的環

一顆、一滅
一顆、一滅

7

繼續走入神殿的深處
一葉萎縮的抹草
許是入定？

8

我夢見你對我說話
用我聽不懂的方式
有時你是地瓜葉
我是馬鈴薯

你是山藥
我是雨水
我們用根說話

9

熱浪把你撒入土裡
現在你是你手中的種子了
白蘿蔔們遁地
一路躥向蘭陽溪畔

現在你也是我手中的鋤頭
我要把「我們」
從土裡挖出

10

回到另一條甬道
有人把我帶入神殿裡
無聲地道別

誰的手套
接住我，誰就有了一顆火球
還有，我是不愛唸經的那一種

無愛繁殖

又一顆星發出訊號
群星冷笑，瘋狂的按下獵槍
蒼蠅歡呼跳躍，在傷口裂開時
遠方的吸血蝙蝠已經聞到了
有時擦身而過，笑容可掬
有沒有盯著你的脖子
你得看清楚那熾熱且
生生不息的恨比愛
更容易繁殖更令人激賞
誰又在切開島嶼的動脈

像霧，穿透名字且直刺入
今天他們又連袂出動了
絕對忠誠，來自於深愛
深深森森的

生生

啊栗子樹，偉大深根的開花者
你究竟是葉，是花，抑是幹？
啊旋向音樂的肢體，啊閃光一瞥
我們怎樣能自舞辨識舞者？

——葉慈〈在學童當中〉（楊牧譯）

夢

鹿抬頭
牠全身沐浴在
夕雪的林間

山

手握三叉戟
古老的海神將它直插入地心
海浪向後撤離，大地浮現

淚

那些越過河界的
有人稱之為淚水
或者，行走的難民

蠻

醒自卡夫卡的昆蟲夢
凡沉重的事物，被牠拱起後
紛紛變成了輕盈的流蘇

嘿

這張狡滑的臉
若不是藏著害羞的祕密
就是損人的——大家都想要聽

回

我們蘇菲舞者
向核心旋攏，亦向外部轉動
看，我們飛揚的裙襬，不曾停歇

性

像樹木渴望天空，一本暗黑的書
渴望光線，愛渴望像萬物那樣生育
你渴望愛而不住，「生」其「心」

死

活不過今夜了
我們拆下死的每一根筆劃
讓散發著松香的氣味，燃出天光

暗

音樂是在暗了的地方
才逐漸亮了起來
我摸索你——黑暗中的鋼琴

柔

戀人的小名
木質調的香氣，你是
花梨木、雪松、黑雲衫

熟

從餘燼中走出來的人
擁有火焰，享受飽滿的玫瑰
夜之盛放

蘇菲

吹牛皮
不等於牛皮
把摩斯漢堡打成摩西

呷飽飽
才能分開大海
把主管遠遠拋在對岸

每日的小確幸
像墜落的羽毛，閃爍著
從未消失的飛翔

有一種神祕的生活成為馬群飛行的下落
下一步踏入深淵
或下一步轉入布達拉宮

你觀察詞與詞的鑄造
火與光的誓約
緊緊環抱，如一枚指環

知與行並肩
沒有太多猶豫
才足以完成帽子戲法

靈魂常是無言的
被惡獸餵養

我刨出夢的詩河

順流而下的床游向阿拉斯加
睡入牠的肚腹
醒來飄出龍涎香

在雨季，發酵的瘦骨頭
疼痛是我的老屋
鬼魅躥行

你說你喜歡的貓走失了
從你的耳洞
牠渴望自由

我也毛絨絨的哦
當你抱我
你會多一隻貓

萬物在詞中閃爍

「透早」
我聽見母親說出這個詞——
透明如窗，明亮澄澈

一塊聚光的水田
電線上排排高歌的音符之鳥
我又說了一次「透早」
母語滲入聽覺

我澆水，那些字詞

長出嫩芽，偷偷觸碰
我的指尖

我們能聞到
期待被收割時的氣味嗎？

例如「愛」與「死」
咀嚼中的字根釋放出苦甜
在唇間共震

然而有些詞　開始發酵了
不死族酸民與細菌側翼
每日交媾繁殖

你還相信同島一命嗎
那你得是隻九命怪貓才行

2

夜的樹身藏匿起一切
我們從樹洞走出，捧起毀壞的詞
埋入根部

昨晚我們夢見的樹
今早開了花
晨光飄出果香，來自身體內部
逐漸地飽熟，我們摸索
我們摘落

有一天我們也將脫離肉身嗎
像靈魂回到字源，構成詩之核
一個詞，就足以轉開奧祕的門

當萬物小如暗室、大如無邊的陰影
有人說出我們的名字——
小如燈盞，大如鑿穿黑暗的透早，無聲降臨

輯二

火光

凜冬將至

凡有光的地方
我們都想去
因為沿途那麼暗
暗得像一則謎

你聽著一些糾葛
如何開出九重葛
我剪下一些薔薇
接枝處，疼痛的磨合

凜冬將至，凍土
鑽入根的骨髓，為了抵抗酷寒
我們摩挲彼此，交換彼此

從你的指尖、毛髮
到你引以為傲的頂端
燃起火光

火光

繼續走
用你日出的探照燈
照亮我坑道的胸口

請你靠近一點
甚至踏進來，告訴我
那些難以形容的陰影
究竟是什麼？

我原以為你是門，為我開啟
才發覺你沉默的

像鎖孔
透視出的一片樹林

難以捉摸的眼神
像鹿　穿越
我的腦額葉

淡淡的蘋果花引導我
涉過山澗，咀嚼過的
蕨類捲起如耳朵

時間一再流逝，我迷失了鹿
焦慮是變酸的水果
我吃著焦慮

直到蘋果偷襲
教我分辨
金星與地球的差別
我依然顛倒

把時間重疊
像眼眶，收入多重視角
再望出多重世界

繼續走
我也有過山巒的手臂
把樹林的你緊緊摟抱住
讓魚群孵育　野馬嘶鳴
在我們的溪谷間

我們相遇
像盤纏的樹根鑿入深處
引導暗影釋放
引導光

我們相遇
像兩隻鹿磨蹭彼此
醒來
誰猶在夢中

封鎖

今晚你聽不見我說的話
你按下封鎖鍵，你睡得很深很沉

被你隔離的話語
一次又一次
鎖入沉默

回音響徹
在空蕩蕩的心腔內
我難以平撫

你按下封鎖鍵，你睡得很深很沉

我抱住皺縮的胃
像抱住孩子，話語都酸腐了
灼傷我的喉嚨

雨水讓熹微的光逐漸透明
夢紛紛凋謝
在萎靡的花器上

你按下封鎖鍵，你睡得那麼沉

伊甸

寂靜之初
你像破光的鳥

來自大雪紛飛的國度——
你說：「晨光中有一種無奈的鄉愁」

烏鴉嘎嘎叫著，在原始林的樹梢
陰雲飄入我們的體內，快貼近山脈了

我從夢山返回，把採集好的光線
放入詩篇，重寫黑暗

抵不過時差的利刃，間隙漸深
想說的話都掉進縫裡，太陽也掉進去

直到愛將它們全部封底，鄉愁釀成酒
有時我獨酌，乘著醺風，在破光的日子

我們曾赤裸閃爍如枝上的果實
伊甸很近，永別還那麼遙遠

燃燒的畫像

後來我們才知道
大地曾攤開手心
在你靈感離地
羽毛輕墜時

舊址發光、淹沒
我們都錯過了
讓遺憾虛度了曾經
深深愛過的家園
於是回頭——

當岩漿湧入
心的密室，凝固陰影

你的礦
今夜燃起的火光

旅館

很快地，那些不安分的靈魂
要像活火山一樣醒來

我的身體也像一把吉他醒來
當晨光湊近我唇邊
我 Solo 光弦

Solo 寂寞的肉體
直到音樂像一把手術刀

把火燙燙的心臟置入我冷卻的胸膛
我享受迷失，享受一朵隱祕的雲
默默地在房間落下
亦如陽光默默散開

路是夢出來的
生活在音階上波希米亞
我沿著不知名的風尋找香氣

遺忘攤開它的餘燼
我用火光填詞
把無涯的苦譜成一顆顆露珠

伴隨著那些閃爍，或正要墜落的
伴隨著遠處與此刻回響
刷出我們自身各種顏色各種型態的音浪

鹿色之光

難忘的時刻
灰雲罩上天空的臉孔
鹿　藏在寂靜的春天背後

我喝著黑咖啡
品味苦澀、甘甜的雲間
一道裂縫開啟

有誰攀爬出
光之繩索，有誰跌落深處

暴雨將至，陰與陽轉動的石臼
無常每日把麥子放入
攪磨著麥子一樣的人

我喝著黑咖啡，被果香提點
想著恐懼會有輪廓嗎？
除非你畫上自己的臉孔

沒有什麼數據在攀升，車窗外
風的鱗片閃爍海鹽
飄來的浮雲，把山脈拉近
寂靜中的海拔逐漸升高
我記起一雙眼睛

清澈、明亮、難搞
你越過夢與醒的稜線

有時，在我靈魂的暗夜裡
一道鹿色之光躍出
越過生與死

越過初夏般熾愛的時光
躺在彼此的胸膛上
那裡，曾是世界的頂峰

明亮的滯留

我將手伸入杯底
抹開底部的垢
扣、擦、污漬浮起
順著杯緣流出

有時伸入杯底
底部變深
我難以揣測

我曾觸摸那釉
局部脫落，仍素雅

不執迷於新
紋路增生
像風化後的肌理
那麼耐看

然而看不見的垢
鑽入縫隙，磁骨裂開
那麼酸

我們的命運也是杯子嗎？
盛滿孕育的水、退火的水
毀滅的水，日復一日的注入我們
日復一日的倒出

我所擦拭的事物
恆常擦拭我
一抹水痕在手中閃現出
晨光與釉的融合

倒掛起來，深度在向下
從不可知的暗處我也曾看見誰
像一滴水急速掠過，抵達杯緣
懸垂著，一種
明亮的滯留

精衛

深夜你傳來訊息
穿越煙霧撲打的街，重重突圍下
你飛越海洋

文字是被拈熄的雙翼
剝落的火焰、無眠的雙眼
我無能回應我的不在那裡

日子成了殘缺的照片
只允許裂痕銜接

我們用肉體和意志，暫時黏合
假裝一切都好，他們說得都對

射日者、比翼鳥、群魔競逐
夢被剖開，飛出一隻鳥
牠只是飛，沒有雙腳

哪裡有一份愛可以抵消
人們無力的冷感？
如果靈魂被擊落了
誰用回應帶來奇蹟——

用你的在那裡
取代我的不在那裡

用你的眼睛睜開我們

海是卷軸攤開
越過初始越過盡頭
我們是飛行的精衛，啣字詞填入
夢裡的餘燼一度死滅了又被燃起
縱使一切成灰

生之慾

不再只繼承那些旺盛的火
我還想延續那些將熄的什麼
吹亮餘燼，遞入細枝
耐心地守著夜
守著失眠的幻覺，這山屋
將生之慾置入一雙死火的眼瞳

是火都有自身的亮點
用樹枝撩撥灰炭，撩撥
那些遺忘中的痛與笑穴

被禁錮的石頭和被埋沒的字
和字裡行間一閃而過的
鬼魂與緘默

不再只繼承那些旺盛的火
我平靜地看著將熄的什麼
我們那麼脆弱，亦那麼真實
像大病初癒後的眼睛
醒來，不再區分
與光塵同行

靈魂樂

照不進來的光
現在　被黑暗接納進來

我的眼睛——夢的翅膀上
尚未蒸發的露水

看見驚蟄的窗外
水田瞇著眼，植物們伸展
底下塊莖肥碩

如此盛放的「日頭」
我的母語，擁懷咿呀的枝椏
哺育龍眼樹

詞語醒來，在鍵盤上
喜歡跑酷，亦懂得優雅的撩
從指尖飛起無數的海鳥

冷不防驟降，穿過西北雨
細密而孤獨的
針織的雨

繞過紗線與時光的紋理
因其纏繞，編織出
禦寒的毛衣

燕子滑步，大波浪旋轉
天空是藍調的
雲跟著搖擺

而我說不出的
我說不出的泡泡冒出
毛蟹群的嘴角
一片沙灘劇烈橫移，引發
七級震央

我與復活的小石子們
一起散步，一起
唉唷的滑倒

照進來的光
現在　往靈魂的幽暗處了

於是我的心卸下了種種的引喻
它更像是一扇黑暗的大門
當我伸手屏住呼吸來眺望逐漸
滲透進來的晨光如火熱的胸膛

新生

如今我又相信神了
來自吾鄉的雲，把雨水灑在
我焦灼的心上

我像蜷縮的小樹
從狹長的裂縫裡，緩緩伸出
新芽與肢體

我像洗滌後的芒花
蘸染落日，在你的風中揮毫
擎起夜之火把

夢中的平原
被你的水和電滋養
窩入你的雲裡，玩耍、做夢
幸福的神也會打呼呢

即使瘦痛常爬上肩頸
折翼的鳥，藏匿於樹洞
脆弱而無力的
如今我又相信神了

沿著水岸走
我們兩手交錯如翅膀
羽毛握攏，是為了讓靈魂張開
還原成所有所有飛行的

老鷹盤旋於高高的山上
大翅鯨翱遊於深深的海裡

海神

貓　搔開窗簾眼
牠一瞥曙光
照亮　我們漲潮時的樂園

2

穿越眼簾的晨光——
我們髮膚間穿梭的
小海豚

退潮後的貝殼，光澤響亮
把航線歸納，一頁頁的裝幀

由氣味描繪出的觸覺、
花瓣、惺忪的眼神

一顆星飛過
它曾是一顆痣，隱約閃現
於你肩胛骨上方

我聽見海豚的呼喚聲
在你的暖流裡，愛是一把三叉戟
讓我徜徉於巨浪與魚群之間

光源的棲息地，一度渙散
現在我全都記起來了

海的眼睛
回到我的眼睛
你的線條
形塑我的波浪

秩序點亮碼頭
海所懷念我們很嗨的遠行
浪回來了　浪在潮間帶　間歇高漲

狂舞

我的靈魂，驕傲的靈魂
像承受種種踐踩和種種力道的舞踏
內心的獸引導我的惡
我是釋放黑暗暴虐的舞者

我只接受
消失的我變成一把火
不再是人群，我只接受
消失的我變成一隻手
擎起我自身的火

直到「我」融入在「你」裡面
我們融入在這場祭典

狂舞，手牽著手
繞著祭典的火，我們向外旋轉
旋轉出0
成為無限擴大的一條
一條
星球的光環

鏡子遊戲

相戀的人難道不也是同性嗎
我敞開你的耳朵聆聽
聆聽我的阿尼瑪

你揉搓精油，試著剝開
我肩頸上的藤蔓，那麼緊
彷彿這肉身也是你的
你的阿尼瑪斯

能不能說

你是我的同志
我是你的蕾絲邊

你的身體灼燒如盛夏的高粱
經由微醺將我們的心升華直到遺忘
分不清彼此了

我是如此善變，所以適合寫詩
許多祕密正向我吐露
在我並不急於去探知時

我們相戀
如鏡子的遊戲

你是兔子也是狐狸
不要怕，我是吃素的狼
雖然獠牙很長
我是另一個你的我
你是我火焰中的雙生

我們是什麼
我們也不是什麼

注：阿尼瑪（anima）為男性心中的女性形象，阿尼姆斯（animus）則為女性心中的男性形象。

輯三

偷馬

偷馬
——給廣西瑤族

這個傍晚　他們騎在馬上
恍然不知胯下的馬被偷走了
騎　也仍然在騎

持續耕種　收割　一個個扛上來的
玉米使消失的馬蹄
恢復了重量

目光被偷走了

肉身
簽給昨日的那個晚上

膀胱抖動的晚上
漏水屋頂
關節吱嘎

你經過黑影
端坐的廢墟
門戶半啟　想像

火光折射出的臉上
有多少人
懷念明天

有多少人聽到
山谷間　來自馬的嘶鳴
鬆開了什麼？

「柴」若燒盡了
抽出「死」的第一橫　夠嗎？

朝泥馬　吹亮一口氣好呢？
還是靠近馬耳　用聲波描繪地圖？

你們回來吧
你們永遠不要回來吧

其實有人根本就不喜歡騎馬
只想把鞋上的疑慮
一一拭去

這個黎明　你胯下的馬被偷走了
然而日光已湧上馬背
你只是騎　把馬鬃貼得緊緊的

夢山

清晨，森林走向我，我止步
一陣流星雨滑過葉尖，倏忽的
希望，像手輕掠過的臉龐

2

迷路後
先是慌張如滾石
滾入胸壑

霧蒙上我的眼睛
我看見　雨和雨的間隙

鳥聲描繪出的圖騰
有了蹄、生殖器
有了顫抖
我有了目光

3

他們用火槍烤羊
用大鍋燉肉，我大口嚼
喝下一杯溫熱的羊血

火焰順著血管躥入心臟
沒人看見我躥出犄角
覆滿獸毛

我與女神們嬉戲
她們教我寫詩、發呆
灼熱的目光舉起我如一隻牧笛
她們吹奏我，她們折斷我

然而夢是某些事物的復活
我提起你的名字，照亮昏暗的路途

4
那些躥上去的樹
並不會變成煙

躥上來的煙
卻輕易地變成了樹

掩藏著所有明與暗
與明暗不分的光

在遠遠看過去的時候
在遠遠靠近的時候

5

山谷，霧在擦它屁股
雨洗後的風留下桃花餘香
通體舒暢的天空下
雲群密布，羊鈴響起

6

沒有誰呼喚你的名字

這樣就可以和世界告別
變成美麗並不美麗的山鬼

一個名字就是一個裂口，一次復活
木質調的香氣是你的名字
引導我走出谷底，一條光之小徑

7

耳邊傳來那麼多鳥鳴
你用風的耳朵聆聽

我們是深藏不露的獸
懂得搖滾懂得森巴

等待黎明踢出黃金右腳
一道火亮的世界波

8
我回頭看看這座山
由那麼多樹木構成的
色彩與線條

由一粒粒
種子構成
成為顯微鏡下的
無數座小山

9

走不出夢山的人
變成了另一座山

走出來的人們
身上背著一座很輕盈的
小山

愛的故事

醒來後，眼睛回到我的眼睛
靈魂回到我的身體
晨光回到心臟
成為呼吸，但夢中的你
沒有躺在身旁

2
愛上你，近乎光年之外
我停留在金星上，卻忘了怎麼回來
我聽著我們喜歡的歌
唱出想和你說的話

內心的黑豹，在火中輾轉
鑄煉成一把鑰匙
那些寂寞、焦慮、滿意吧
（我發覺你在偷笑）
看著貼圖，和已讀不回
把祕密藏好，等你轉動門把前
假裝我的小獸，沒有話說

3

我們喜歡關燈後的遊戲
那時身體看不清身體
手尋找手
觸覺尋找
指紋的回音

踏入深淵的腳
被另一隻腳勾住
能抵達深處
我們才懂得漂浮

你是有曲線的燈
我在黑暗中摸索
讓萬物充滿明亮的時刻

長假

後來，他們雙雙辭職
相約某島嶼——
浪花環擁下的兩尾魚

因為活得像詩
傾向於敘事

後疫情時代
兩個小小的個體

他們玩得很探戈
很昔日與未來的和解
但並非妥協

島嶼環行
襯衫溼了又乾
散發著風信子與麝香的氣息
這樣的身體多麼感性

島嶼一樣的充電器
插入藍海電流
飽滿的電力日夜湧入
他們的體內

曾是粗顆粒的日子
被磨成玫瑰海鹽
灑入早晨嘗鮮

攤開窗外
海鳥般的藍色頭條
有時雲層湧起拉赫曼尼諾夫
聽海的交響——德布西

2

這是初秋
一陣急雨尾隨車後

髮梢上的雨露
貼身的觸覺、哈啾聲
都顯得那麼恆久了

他們活得像比喻
有旋律
兩個親密的押　韻

烙入她靈魂的傷
仍不時復燃
他陪她穿越沉默
看看那裡還有什麼

裸在他懷中
有默契的想
雖然未來那麼大
卻小於此時

繼續下潛
夢是背後的氧氣瓶
讓他們遠離現實的灼燙

穿越珊瑚礁與熱帶魚
遠離祕密與謊言
繼續下潛

3

預算愈來愈薄
愉悅不等比例加深

想起誰說的
如果不想再約會
不要點奶酪、甜酒、冰淇淋
你不如來一盤墨魚燉飯

她笑著說
那就來一盤墨魚燉飯

拿出小禮物
愛是她指尖上的蝴蝶結
斂翅欲飛

今日公休

貓了一整天
我想和網路上的貓
約在咖啡館外

銀幕裡的大氣球
伸出那麼多手和腳
有誰曾被挪移、滾動、撞擊
有誰曾被刺破，散入空氣

消失的樹木，隱約躥升
鳥飛落，紀念今日浮現的花與果

懷念那甜、那酸、那腐
和那一把斧

不過紀念這果實
像柿子，誰愛嫩的？誰愛挑嘴？
我獨愛鉀，可以降血壓
何以解憂？唯有香蕉

今日無事
某地貓友早已失聯
網路無人追蹤

那些鳥去了哪裡？
我修了修貓爪

飄過一朵悠悠的雲
國旗色，貓與鼠同臺走過
他們握了握手

今日公休，雨聲 Solo
我唯一擁有的
是一張百無聊賴的嘴
渴望觸碰
無所事事的唇
和擁抱一種
普天同慶的錯覺

我同學

和殺人狂當同學並不尋常
殺人狂有好體魄，「瞧，這是六塊肌
這是肱二頭肌」

他收集滿滿的暴力電影，拿刀互砍
拿衝鋒槍對幹、互扔手榴彈

血肉模糊的年代
這世界是一座輸血站

殺人狂好野
「我立志要當殺手」，嚇得小綿羊老師
把他綁到狼王主任面前

燕子媽媽只好啣來小說，證明「我兒愛吹牛」
「他立志當外星人、當恐龍、當張三丰」

然而我們班被欺負時
殺人狂的第一神拳真是驚人
一拳把學長打飛，從不死命的打
「那太遜了，手會痛」

沒有人知道他怎麼了
鄰居都誇他好孩子，他從監獄晃出
黑狗爸總要吃光便當，在辨公室裡剔牙

2

二十五年後的同學會
殺人狂穿著西裝，抱著小女兒
真不知道這樣一張土匪臉
怎麼拐來這麼正的老婆

「一定是綁架來的」
「一定是灌酒來的」
「叭噗啦，恁北在愛貓協會捌耶」

我們多懷念他魔鬼終結者的酷樣
他會舉起 AK47，砰
而他兒子愛的是 AKB48，啾咪

他是爬過天堂路的鱷魚，大口金門高粱
他兒子可雙魚了，寫情書、送花
失戀必窩在床上痛哭
「真他媽的受夠了」

上一代的水滸父親
和這一代的紅樓兒女
輪番上演

想像武松扛著老虎下山
寶玉幫忙剝皮、切肉
虎皮披在羅剎女的身上
好看極了，老孫我都想讚賞
說到哪去了

沒人知道
殺人狂也曾經死過一次
他說那女子的眼睛深埋陷阱
哪怕很痛、很深，他還是想掉進去

忌妒把殺人狂變成一把槍
子彈瞄準對方，卻轉彎射入自己的心臟
我不忍再多說

對了，他的名字不叫殺人狂
李大勇，我同學

浮生

群

來了、來了鼠族首領
竟使牠底下的熊們
嘴巴都變尖

放羊

他只不過和狼拍了一張合照
從此再也沒有人相信他的羊了

候鳥

你裙擺狀的溼地
水源還流動嗎
我的候鳥群正朝你那裡遷徙過冬

花束

那女人是瓷瓶
孩子是釉色
男人是裂縫逐漸
蔓延逐漸

多麼幸福的花束
真令人羨慕
「哪裡哪裡」

嘴角淺笑時
瓶身又不免裂開了一些

巨人族

退休後
男巨人越小
女巨人就越大
懂得生活、料理
充當保母

也懂得開墾
植蔬果　享受下午茶的時光
遂常興起
棄養的打算

影展

岸邊，颱風彎腰把榕樹連根拔起
鳥巢傾覆，鐵軌脫落
房屋變成積木

那些日子，飢渴是一輛行駛中煞車損壞的卡車
疼痛是被撕開得底層
漏電的時鐘在原地雙腳抽搐

這是混亂的時刻
沒有龐德駕駛小飛機趕過來

雷神除了怪獸誰也不打

我把太陽壓扁，放入音響裡
聽雨滴前奏曲
看著他們投射出的影展

一個閃耀於悲愴的平淡時刻
像一部冷門電影
沒有大明星，沒有超強卡司

淡化了戲劇與張力
只是不停地逼近現實的洞
穿過那些隱密的傷口

融入生活，與我們的
生命逐漸平行逐漸
逐漸地上映

輯　四

老哥

關於「我」的成長史

士芭樂的春天

我知道的事可多了，雖然不知道該怎麼說
老哥要我寫下，像從放鬆的口袋裡
掏出彈珠般的字句

這顆是比喻，這顆是擬人
而這是紙飛機，「不對，這是飛行器
想像娜烏西卡駕駛著它」

哇休士頓，眼前的酒瓶正載著酒鬼升空

我想起鄰居阿嬤有張虎姑婆的臉
她可是善良的像位小甜甜

好多貓咪喜歡到她門口，而她老愛到處喊著：
「阿雄仔！」老爸說：「彼是爸母無愛囡仔。」
為什麼不是阿雄「無愛 in 爸母矣？」

安狄亞跳入溪水玩，就再也沒有出來
水吸入我鼻子，我想像自己也沉入溪裡

心裡好像有什麼被快速沖走
那麼悄悄地，我沒有哭

「你覺不覺得快樂時，溪水是那麼響亮
但我們難過時，溪水卻是安靜的」

一旁的石頭晒著鼻屎
石頭從鼻孔挖出來的
水在水裡睡覺

2
我夢見黑色是黑熊，霧是熊爪
樹根保護我，我睡得像顆馬鈴薯

「我夢見爸爸拿毒藥給我吃，
不過夢是相反的，所以爸爸要請我吃大餐！」

夢是相反的嗎？死去的阿公
在院子裡敲木頭、刻木頭，他還活著嗎？

我用手指沾著瓶口，舔著果醬、果糖
風回來了，帶回小雨和小鳥
還有一股樹根爛掉的味道
他們說她也是

苦楝花鋪好的床上，螢火蟲們睡著了
白天壞掉是不是就變成晚上？
星星在縫補天空嗎？

3

又一次飄著土芭樂味的春天
太陽烤過，吃起來脆脆的

我和老爸說，我希望快一點像你一樣大
老爸卻說他希望回到像我一樣小
只要吃水果，不用搬水果

鄰居的叔叔回來了，爸說他沒有工作
以後我找不到工作，我也可以回來種種水果

每個人都有煩惱的一面吧

從前，我看著同學們在媽媽背後說再見

我好像變成他們和他們回家
我問爸爸，可以叫你媽媽嗎？

跑吧跑吧
跑下去我就會長大
跑入海龍宮，跑上喜馬拉雅山

跑吧跑吧
跑去把妹、去幹架、去搗亂
賞我一巴掌的主任我還要巴斷他的狗牙

沒什麼好在意了，才怪
那些說不出口的，我要把它們含在嘴裡像顆話梅

4

老哥說：「死，就是去到回不了的地方」
（屎？塞？）

那裡的玫瑰，有小王子照顧嗎？
那裡的銀河列車開到幾點？
那裡嗯嗯出來的種子
會長出芭樂樹嗎？
你死過一次是不是就不會再死了？

大雨是王蟲的小腳
那麼多啊，那麼多王蟲合力
把山路撞下山谷

我只好在玻璃上，哈
畫出一圈又一圈的山路
等誰回來

教室外的雲，像不像是巨人的階梯
我想要走上去，走得多高就有多高

老哥說，再遠他都會把我帶回家
我相信他，雖然他是唬爛王

給我詩意奔放的青春

醒來後
那位白目的補習班老師
又再大談政治正確，如果我是羅賓漢
朝他的胸口射一箭

我還會像鳥人，躍出窗口
坐上雲的肩膀一路回鄉

偏偏我只能
玩玩彈珠，畫家鄉的龍眼樹
畫一匹野狼

想著前排的捲髮妹
多美好，再抱緊點

我們會從淡水一路飆往金山
海水將聚集一身的光芒在她的回眸中，哦主啊

冷氣機呼呼大睡
一臉落榜的宅們在夢中走入炸雞天堂

一張小夫臉的班主任
又在吹噓什麼，隨他的鳥嘴嗶嗶

老哥說：「詩像鏡子，即使你破碎了
在它面前，你是完整的」

真的嗎？那麼打碎一面鏡子裡面
會生出新的鏡子？

我只知道這時代多麼善變
你回過神　已是另一張臉龐

只有詩理解我，挖出
不一樣的我，我寫下賦、比、性
我寫下那年春天的發生的事
恐懼是個孩子，你不要哭

2

上了大學的P，我看見誰牽她的手

我們沒有什麼，你別想看見一張哭喪臉
我爸爸是《水滸傳》裡的人
你不要跟我講寶釵的話

摘下來的星星，被摺入玻璃罐裡
誰還在乎它會不會閃爍

阿霸那群流氓已騎上小綿羊，到墾丁民宿打工
說什麼比基尼爆乳辣媽，聽他們在喇叭

老哥丟給我的《摩托車日記》、《在路上》、《韓波詩集》
我翻了又翻，讓字句帶著我翻山越嶺
「我將走得遠遠、遠遠的，如同流浪漢」

我心裡也有神曲，我們撿拾歌詞
堆疊得多高有多高

夢是天堂，清醒是地獄
我在彷徨的階梯上走向黎明

歌聲從她右耳進入我左耳還是，分不清了
她有著陽光與柑橘的氣息

老哥來信，要我眼睛放亮
「那些激進的老鷹
變成保守的鳥，等待禿鷹將牠們餵飽」

他著迷於革命、愛情、和懷疑
我著迷於所有古怪的迷因，我著迷啊
讓詩想的脈落枝葉蹦出一顆顆龍眼

3

看板上，滿滿是為國殉難一樣感人的偉人名單
臺上鏗鏘有力的說著什麼熱門、有前途

我點點頭，去你媽的，說不出口
沒人在乎我喜歡的是什麼

教室外的雨水和雨水，正在協力
描繪出一張大河的系譜

我神遊在那些傳說、瀑布　飛越雨林的最高端
夢谷就在前方　誰來給我火光

蜘蛛人盪來盪去，在一百層樓高的檯燈下
毫不在意我　嘴裡的強風如何將他吹刮過

慾望的碎玻璃、歷史叢林，引導我
具備《山海經》那樣大河環繞的胸懷
去容納得下這時代的妖怪

河床露出根部，身體一點點蒸發時
浸入這條河吧，讓樹枝又一次竄出胸口

我的心，敏感的像花一樣

這就是我捧給你的花束

我還會成為那樣一盞燈
想發光就發光，即使轉開我
我不想，也不會亮

我不愛說話，我羞澀，我是多聲部的獨白
聲音穿過哪個「我」，就喚醒什麼

我是疼痛、我是鏡子、我是管你的
我還是最後一名指定打席，你知道

這時代的好球帶寬敞
但攻擊火力更強大

嘿　讓他們說我們廢吧
我們是一塊實力派的廢鐵
晚安　我帶著前往夢中旅行的詩集
跟著唱出的那條大路，我邊走、邊哼

注：「我將走得遠遠、遠遠的，如同流浪漢」取自韓波詩〈感覺〉（莫渝譯）

無愛可赦

醫生告訴我：「傷口恢復的很好」
在我的肉體上，手術刀劃出的眉線——
沉睡的第三隻眼

漫長的復元日，我是鎖起的房子
每日光線圍繞著，一些問候伸手
打開窗，偶而也丟來一把斧頭

「祝你早日康復……」的訊息傳自上個世紀
我的麻藥過了，手術尚未結束

疼痛是內心攤開的祕密，我繼續讀著
自由的愛，自由的背叛

好幾次放下手機，靈魂早已衝過去
撲倒你，扯開絲襪，雖然你從沒穿過

你隔空傳來久別的火光
我禮貌的回覆你一把乾柴
也不知道是否已燃

銀翼殺手說：「有時愛著某個人
就必需變成陌生人」，我的銀翼女殺手
你已陌生的再無殺傷力——

我曾經是你深愛的被虐狂嗎？
縱容你的亂刀流，冷硬派的目光
向你致歉，為你幹的蠢事

我不再糾葛，院子裡的九重葛
兀自盛放，我不再拿斧頭問候它們的根

現在，我把渴望和遺忘拿來堆肥
雨一直下不來，像失眠者夢想
偉大的愛情，眼前只滑過ＡＶ女優

現在，我只為無謂的瑣事失眠
角落裡又堆滿了酒瓶
一種超自然現象

懸掛好幾季的修身襯衫
吊牌依然未剪

冷凍披薩在微波爐裡轉啊轉啊
當慾望的邊際效應仍持續膨脹
虛無是那一根針？還是陽光？

2

昨晚酒神走後，驟雨敲打鐵片
敲打七里香，敲打氣味

我的臉腫腫地
我嚴重懷疑這面鏡子

天空的癮頭來了，窗外雲霧飄散
這大雨是一把壞掉的門鎖
讓人無法安心外出

今晚，我打開APP
我也想來一場柏拉圖式的掛睡之戀
讓我們用話語
填滿彼此的樹洞
改天再用別的

兒童節那天
希望有人請我吃糖
情人節那天我希望有間忘情診所
召來大洪水

二〇五四年十二月二十四號
騎上野狼的我們變成小野狼
在鼠與貓與渣渣混雜的年代
讓我們堵爛他們自負和敗壞
在陽臺上向他們吐吐口水

她喜歡勾著我的脖子
我喜歡撥弄她的頭髮，一股淡淡的浪花
從她裙岸漫延過來

我被這香水虜獲
木質調烏木的後勁，穿過你黑髮的我的手
釋放茉莉的束縛

愛的護照帶我們進入
幽密的國度，日光敲開的城
豐沛的雨林、瀑布
水氣濺灑機身

我們是飛行本身，亦是彼此的亂流
唯有透過強韌的衝刺
靜止於極動之後的
極靜——墜落亦是翱翔

有時她坐在一旁什麼話都沒說
醞釀一種奔跑

我們的螺旋階梯將如開瓶器旋入地底
拔出時，會噴湧出什麼酒呢

這夜漫長的像是可以繞著月亮十圈再打個蝴蝶結
這止痛藥卻短暫的讓木乃伊死後可以馬上清醒

3

醫生告訴我：「傷口恢復的很好
要避開提重物，久站，過度彎腰」
但我想告訴你：「傷口裂開的很好
倘若沒有愛的裂縫
誕生得出新的我嗎？」

漫長的復元日，我夢見機器手臂
把ＡＩ晶片插入我後腦，眼中一片亂碼
如果夢是相反的，我更像是人了
我可以奉命去幹掉那些假人

我躺平，疼痛將寂寞鎖入皮囊
而傷口，睜不開第三隻眼
獨白是我唯一能擁有最遙遠的旅程

別再跟我說「我很關心你」、「是我不夠好」這類虛假的屁話
別再用「愛能赦免」誰那副上帝的口吻
別再用「事情沒有你想像中悲觀」的才怪

從此，在愛恨之間
我再也不需要漫長的告別
那逗弄我的命運，我也懂得逗弄他
上帝一思索，人類就發笑

和我一樣賴活的人
來一發吧
你們好
我的名字，無聊

茱蝶

蛛蝶，雙身物種
具備飛行與結網獵捕的天能

她卸下偽裝，裸身走出浴室
訂好機票，她想遠離職場、遠離這座城市
遠離自己，有什麼毀壞了我不知道

青春是紫斑蝶，翅膀上劃過的流星
正在實現，或一顆顆殞滅

盤旋高據的鳳蝶，你只能仰望
被她的香氣捕捉，而我曾是枯葉蝶
蜷縮在她的胸懷裡，她帶走風

那是一個午後，茱蝶，上級走過
那股陣痛究竟持續了多久？我一度是幸運的
能伸向背後，拔出刀

有些刀再插入，進入身體、更深處
我再也找不到了，我含鐵的血液開始異變
從那之後我吃謊言為生

我設下蛛網，展開蝶翼，那些礙事的菜鳥
青春令人羨慕的翅膀，我想吃掉

我知道怎麼欺騙人而不被察覺
明天我將扮演另一種人
當你是另一個，你就不容易生自己的氣

不過，偶而我也心生憐憫
朝走向懸崖的孩子，凌空發射蛛網

我飛翔，體內分泌的毒液把我拉向地心
我知道怎麼哭泣而不被知曉

茱蝶，現在我懂得什麼是愛了
我愛這個也行，愛那個也行

今晚，我想來點⋯⋯新關係、小死亡、安眠藥

今晚我想留一點虧欠，讓我偶而能想起她
霓虹灑落的樓層，冬雨走上走下
階梯們也跟著走上走下

擦身而過的前調，先是澄花
合奏玫瑰與伊蘭的主旋律

那股氣味躥入鼻腔，抖動肢體
那氣味是麝香，在我的血液燃燒
那氣味從我的雙翼、腺體散發出
占據靈魂的那氣味

抵達最最灼熱的頂端
一道虛掩的門，幽微而發亮

你只管屁股搖擺屁股，你搖滾我搖滾你
你管那些老廢物怎麼想

愛是尚未創造出來的慾望
慾望是火光，瞄準即將熄滅的心臟

你只管屁股搖擺屁股，你搖滾我搖滾你
你管那些老廢物怎麼想

那些說不出的詞語我們大口咀嚼
將蛛網噴出，張開炎上的翅膀

你不怕灼傷嗎？你觸摸疤痕，按壓它
疼痛與癢的混雜下，我忍不住笑了

在消極的自由與積極的自由之間
有一種荒涼，永劫回歸，驅向靈魂樂——

清晨的黑眼圈啊，我們瞇眼，喝凍結的薪水
我們吃死亡、吃虛無、我們吃盡各種當下

沒人看見，陰影伸出細爪
我看著誰正在變形，刀插得更深了

溫柔的人都要變狠了呢
為了蛻變，蛛蝶們，請好好品嘗

塊莖

有時我的肉身
彷彿萎縮了
徒勞吸取　早已乾涸的　泥土
只是靈魂深處的水，根莖說
從不曾止息　我往深處探去
那裡陰暗、焦灼、狹窄
還要多久才能觸及，我不知道

我記得愛過之人的雨水
曾流過頸項、龜裂的脊椎、流過臀
如此遙遠，如此頻繁的

我感到命運在墜落，灑落的小麥
愛及其挫敗，全在墜地後
腐爛成果實　哺育塊莖
一股冰冷的渴望流淌過
我的血液曾如此新鮮

我繼續深入
微塵般的疑慮
日復一日的黏附著
日復一日被沖洗
像小死亡後的重生
以鬆開的小死亡繼續引領我
穿越花崗岩、穿越虛無
雖然虛無無堅不摧

嘿有一次，我還穿過頭蓋骨
用骷髏的眼框觀看，地下的狂歡節
跳舞的蟲，用體溫感知我
老鼠投來久違的目光
是一股疼痛把我拉入地底
塊莖生長，無形的連結在擴散
布滿黏液的世界腸道裡
哪一個「我」還沒有被擠出來
朝下方，與我穿過
水聲迴響的縫隙
彷彿已觸及，根鬚潮溼
但要多久才能觸及
我不知道

我繼續深入
深入饑渴、穢物、凍土
直到時間進入我
像火光進入遺忘，水源何時
升上根部，迎接的是盛放、萎縮或寂滅
那裡有洗淨一身的挽救嗎？
那裡萬物的根會緊緊繫住
我們的根嗎？疼痛會不會像夢醒
睜開盲目的眼睛？

或許那裡什麼都有了
什麼都沒有了
唯有一道裂縫持續穿過地底

孕育閃電，成為黑暗
我在靈魂深處持續挖掘
等待春雷乍響，風帶回水氣
雨水將通過我的根抵達誰的？我只知道
我們是這樣熱切的活過來了
縱使已不再完好

【後記】

火與活

多年前，在瑤族的山谷住過一段時間，那裡土地貧瘠、交通不便，我與熟悉世界的音訊全然中斷，彷彿沒有時間了，生活如此簡單，我卻體會到一股前所未有的粗獷與野性。我們煮玉米粥、下麵、談天，都圍繞著火塘。瑤族人笑笑的說：「沒有火，我們就活不了了。」那一刻我才知道，原來火，也是活。

我親近火、觀察火、被火照顧，那不像我們世界的火，被機器馴服，被關在小小的容器裡如工具，那是活生生的火，生氣勃勃、善於聆聽、或許也有其「陰暗」，然而我特別喜歡牠餘燼般的神祕，在深夜時，那是人們圍著火焰把故事傳遞下去的那種火。

好幾次，身體冷顫，頭暈腦脹，這些吃木頭、吃玉米梗（如書封攝影）長大的火焰仔們，向我伸出指尖，熱氣通過我的指尖傳入體內，那像是一把巨斧向體內劈砍，直到冰裂，熱氣湧現，火焰寫入我心深處。

多年後，身心受到不少磨難，在漫長的復健過程中，重複那些治療、姿勢、動作，情感的波折彷彿與之串通，協同來打劫，內心不免晦暗、近乎燒盡時，看似古老的詞語「火光」逐漸從我體內躥出——像文字與文字敲擊、聲音與聲音摩擦，一如肉體與肉體因為碰撞而有了光亮。

我彷彿又回到火塘邊，放入木柴，撩撥炭火，向牠吹一口氣，看著牠從餘燼中逐漸活過來了，向我吹了一口氣，撩撥餘燼中的字句、和那些無以為繼的夜，讓我也逐漸火過來了。我想詩的本質，不就是讓人「活」也讓人「火」嗎？哪怕是「火大」，搞不好還是熊大。

希臘哲學家赫拉克利特說到：「火是世界的本源，世界過去、現在和將來永遠是一團永恆的活火，按一定尺度燃燒，一定尺度熄滅，火與萬物可以相互轉化。」

於是「火」與「活」，相互轉化，像愛與慾、熱情與冷靜、生與死、獸性的奔狂與植物萌生、靈魂的墜落與上升等等矛盾、衝突、充滿辯證而生生不息的源自於心動之處，都被轉化成為另一種火光——詩之火光。

我也像是一位漫遊者，將旅行中的植物、大山、神話、家鄉的雨水等沿途采風而來的吉光片羽，變成詩的故事和結晶，很可能這也是一本不負責的「導覽書」，邀你同入歧途，走入愛與生與死的背後那極寬闊、極明亮、也極陰暗的心之地帶——

在那裡我們的生命如此閃爍耀眼，有的全然熄滅，有的正等著你重新撥動詞語和渴望，像蘊藏在餘燼中的詩和火光，一瞬即逝，隱隱躥生。

國家圖書館出版品預行編目資料

火光 / 楊書軒著 . -- 初版 . -- 臺北市：
聯合文學出版社股份有限公司，2023.2
200 面；14.8×21 公分 . --（聯合文叢；720）

ISBN 978-986-323-513-2（平裝）

863.51　　112000162

聯合文叢 720

火光

作　　者／楊書軒
發 行 人／張寶琴

總 編 輯／周昭翡
主　　編／蕭仁豪
編　　輯／林劭璜　王譽潤
資深美編／戴榮芝
業務部總經理／李文吉
發行助理／林昇儒
財 務 部／趙玉瑩　韋秀英
人事行政組／李懷瑩
版權管理／蕭仁豪
法律顧問／理律法律事務所
陳長文律師、蔣大中律師
出 版 者／聯合文學出版社股份有限公司
地　　址／(110)臺北市基隆路一段 178 號 10 樓
電　　話／(02)27666759 轉 5107
傳　　真／(02)27567914
郵撥帳號／ 17623526 聯合文學出版社股份有限公司
登 記 證／行政院新聞局局版臺業字第 6109 號
網　　址／http://unitas.udngroup.com.tw
E-mail:unitas@udngroup.com.tw
印 刷 廠／鴻霖印刷傳媒股份有限公司
總 經 銷／聯合發行股份有限公司
地　　址／(231)新北市新店區寶橋路235巷6弄6號2樓
電　　話／(02)29178022

出版日期／ 2023 年 2 月　初版
定　　價／ 380 元

ISBN 978-986-323-513-2（平裝）